Cuentos cortos para lectores benevolentes

Juan Reyes

EDIQUID

CUENTOS CORTOS
PARA LECTORES BENEVOLENTES

Editado por: Corporación Ígneo, S.A.C.
para su sello editorial Ediquid
José Olaya 169, Ofic. 504, Miraflores. Lima, Perú
Primera edición, octubre, 2023

ISBN: 978-612-5112-53-8
Impresión bajo demanda

Hecho el Depósito Legal en la Biblioteca Nacional del Perú N° 2023-08898
Se terminó de imprimir en octubre del 2023 en:
ALEPH IMPRESIONES SRL
Jr. Risso Nro. 580 Lince, Lima

www.grupoigneo.com
Correo electrónico: contacto@grupoigneo.com
Facebook: Grupo Ígneo | Twitter: @editorialigneo | Instagram: @grupoigneo

Colección: Nuevas Voces

Contenido

A Lucía

Prólogo

Cuentos cortos para lectores benevolentes, de Juan Miguel Reyes Morel, que el lector tiene en sus manos, presenta una gran variedad de historias y cuentos unidos en capítulos que le dan la forma a esta obra literaria.

Desde un principio, el autor imprime una dinámica vertiginosa a los cuentos para comenzar a zambullirnos dentro de historias absurdas y, además, la velocidad no nos permite identificar si el autor es el personaje o el cuento es un mero recurso literario.

Por suerte, la proporción de los cuentos permite darnos un respiro al final de los mismos, no solo para dejar entrar una bocanada de oxígeno, sino también para darle orden a las ideas que, una tras otra, pasan por nuestra retina y se agolpan en un cuello de botella donde no podemos dilucidar si el cuento esta finalizando o solo es el principio.

No sabremos, tal cual los cuentos de Quiroga, si la narrativa utilizada es producto de una pluma rebelde o es producto de los fantasmas que invaden al autor; si estamos frente a un ambicioso escritor o frente a una mente perturbada por los avatares y dolores de su vida. Sin embargo, lo que sí queda en evidencia rápidamente en cada una de las oraciones es el estrecho contacto del autor con Dios y la religiosidad, pues lo une un gran afecto con su Padre Celestial que lo invade en todo momento, lo mismo que la moralidad y la norma cristiana.

Por tanto, existe evidencia continua de este compromiso del autor con su religión al abordar temáticas que abundan en la Biblia y en el Antiguo Testamento, tales como la traición, la compasión, la tragedia, la muerte y el cansancio. Incluso, el título de esta obra manifiesta el gran papel que la vida de Jesús tuvo en las ideas y en la obra de Juan, llamándonos a nosotros, los lectores, como personas benevolentes, invitándonos a hacer el bien a los otros.

En ese misma línea, esta obra de ninguna manera invita a juzgarnos, aunque sí permite conocer el lado oscuro de los personajes —¿o del autor?—. De cierta manera, este libro puede ser tomado como un pedido de perdón, un modo de escapar de la culpa que tienen los personajes para lograr así el ansiado amor de su Padre.

De todas formas, esta lectura que están por comenzar los acercará, en definitiva y cara a cara con el rostro del autor. Podrán apreciar de manera indirecta los rasgos más humanos de nuestra especie.

Así que, buen viaje.

Joaquín Verde

La felicidad solo es real cuando es compartida

La atracción de cualquier ser humano puede ser provocada por otro con una simple mirada, con un movimiento casi imperceptible, con una palabra desconcertante. Pero ese «otro» no es un cualquiera. Es alguien virtuoso.

Este libro implica un desafío que a priori es bastante difícil de superar: ser ese alguien virtuoso siendo ese cualquiera. La atención y curiosidad del lector se quiere conseguir careciendo de credenciales anteriores y poseyendo anonimato en el mundo de los escritores. Por eso lo considero un reto que espero pueda salir triunfante

Cuentos cortos para lectores benevolentes es un encuentro fortuito de varios cuentos breves de distinta naturaleza: algunos más añejos que otros; unos elaborados en época de relativa cordura; y otros, de intensa locura. Como consecuencia de lo anterior, puede parecer que participen en el libro distintas muñecas. Sin embargo, detrás de él, existe una única.

¿A qué se debe lo de «benevolentes»? ¿Existe en ello una intencionalidad, un llamado a la compasión de ojos más exigentes para que se presten a leer estos cuentos cortos con mirada de niños? Puede que sí. Otros adjetivos podría haber elegido: «curiosos», «ociosos», «inteligentes», «aburridos», «sensibles», y así una lista infinita; incluso podría llamarlo «para lectores» a secas. Sin embargo, además del mencionado argumento, creo que se vislumbra otra razón que explica mi elección: mi deseo apasionado de que quien lo lea sea una persona que aprecie la benevolencia.

El sentido hondo de este libro es mostrar lo que fui y hacerlo de una manera inconsciente y, por ende, verdadera hasta la médula: estos cuentos de tiempos pasados fueron mis pensamientos y acciones, mis sueños y frustraciones, mis laberintos y salidas; fueron y, en cierta medida, lo son y lo serán hasta el final de mis días. Es cierto que cambié. Y de qué manera. Así y todo, a pesar de la distancia entre aquello y esto, cada vez que leo estos escritos, me encuentro, me reconozco y me alegro de hacerlo. Mi éxito ya lo he logrado, pues recogí el coraje para publicar la «obra», y eso es un hecho harto trascendente para mí, un logro inconmensurable. La lectura del libro no depende de mí, es tarea de ustedes, lectores benevolentes. ¿Qué tienen que perder?

I
El primero

Quién sabe en qué estaba pensando cuando comencé a escribir. Tal vez fue porque necesitaba un amigo; tal vez porque necesitaba soledad. Sí recuerdo que era una época de dudas. Lo vocacional empezaba a torcerse, la fe inquietaba, y mi realidad, siempre estable y equilibrada, conocía otras realidades absolutamente frágiles.

Entonces, puede que todo esto haya surgido porque tenía que canalizar de alguna manera esos momentos de ansiedad y cuestionamientos. Pero ¿por qué este cuento fatalista? ¿Por qué escribir la victoria de la maldad si siempre había sido un joven inocente, defensor acérrimo de la bondad humana? ¿Qué había sucedido? Estaba creciendo.

El beso de Judas

Aquella noche era húmeda y no le permitía cerrar los ojos. Además, sería solo un parpadeo que no tenía nada que ver con un descanso. De una u otra manera, había algo que dejaba al descubierto la tristeza inmensa de un hombre poseído por algún demonio. Su mirada conmovía. Apartado con extrañeza de todo y de todos, se mantenía de rodillas sobre piedras filosas. De pronto, surgió una voz que pedía perdón y, unos instantes después, se quebraba.

Intenté quedarme alejado de él, mas no pude. Comencé con lentitud a acercarme al hombre, cuando sucedió algo que cambió el ritmo de mis pasos: una soga apareció en sus manos.

Al escuchar mi presencia, me preguntó aterrado quién era, qué hacía allí. Luego de una pausa dubitativa, me pidió que me fuera, que no iba a cambiar su destino triste, que la posibilidad de ser torturado era lo único que aliviaría su carga. Hice oídos sordos a sus lamentos y me concentré en una única certeza: yo estaba allí por algo. En este caso, para poder «salvar» a ese hombre desgarrado.

Él repitió su orden. Sin embargo, no parecía querer soledad. La distancia que nos separaba era cada vez menor, y a cada paso iba observando con más nitidez su miedo por seguir respirando. Estaba sucio y rasguñado. Dejando de lado el temor al contagio, ya sea de lepra o angustia, dignifiqué al hombre sentándolo en una roca. Tenía las rodillas con sangre. Al verla, el hombre comenzó a llorar, pero no por su dolor: ese llanto le pertenecía a un dolor ajeno. Y esa sangre, también.

La necesidad de abrazarlo, de compartir su lugar y tratar de atenuar tanta angustia no se hizo esperar.

Momentos después, con la noche menos oscura y el aire menos sofocante, comenzó a contar su historia. Yo, vestido con una sotana invisible, escuchaba con atención. A medida que el relato acontecía, mi memoria iba despertando de su letargo con lentitud. Cada palabra desencadenaba un recuerdo. Parecía que no había en la vida de mi compañero tanto pecado, tanto *mea culpa*. Cuando estaba convencido de la inocencia de mi confidente, algo inexplicable, lejos de poder ser compartido por la escritura, sucedió: una imagen desgarradora. Un hombre, un beso, una cruz, y una voz de fondo que decía: «Yo lo traicioné».

La visión me horrorizó. Minutos después, un estruendo paralizó mis pensamientos. Había sangre por todos lados, niños que se despedían llorando sin regreso, cuerpos carentes de almas, odio expresado en el cielo tenebroso, fuego con aliento a venganza.

Comencé a correr pensando que nunca iba a poder escapar de ese mundo. Estaba equivocado. Sin aviso alguno, todo se volvió diáfano; los gritos de miedo eran pasado; solo se veían las sonrisas de las personas que se paseaban; no mostraban pánico ni angustia, compasión ni humanidad. Les grité, pero nadie me escuchó. Volví a hacerlo, esta vez enfurecido, mas lo único que logré fue que un único hombre se diera vuelta y, sin perder la sonrisa que dejaba asomar una luz de perversa ironía, caminara hacia mí. Al verlo, sentí que caía en un abismo. En mi oído susurró su miseria: «Judas sigue viviendo».

II
Como un suspiro

Unas pocas pasadas de ojos: en eso consisten los siguientes cuentos. No obstante, espero que esas simples y breves «pasadas» susciten ganas por continuar la lectura, que estas efímeras cuestiones generen curiosidad, ya sea para preguntarse: «¿qué diantre quiso decir este individuo con estos relatos?», ya sea para titularme como genio de la narrativa contemporánea; mientras logre algún efecto, conforme quedo. Los prevengo: estén atentos, pues, cuando lean el inicio, el final ya llegó.

La arena

Todo comenzó y todo terminó en la arena del circo. Una fila de veinte gritábamos al unísono: «Los que van a morir te saludan». Ya éramos polvo, nuestro destino estaba sellado. No tenía miedo. Hacía mucho tiempo que reinaban ante mí fieras de todo tipo. En cambio, el que ahora sería mi compañero de lucha gemía. De seguro era padre de un niño, era esposo de una mujer. E iba a dejar de serlo. Sentí compasión por él y, a raíz de ese sentimiento, tan profundo, tan nuevo, entendí que ese hombre debía vivir.

Las fieras salieron al campo de batalla. Como un dios que conoce su inmortalidad, fui directo a las fauces de la oscuridad. El sol acalambraba mis ojos. Solo veía sombras; algunas se movían, otras ya muertas. Por fortuna, mi compañero seguía con vida.

Segundos después, todo quedó en silencio. Gritos y rugidos eran parte de la historia. Parados en el centro del circo, mi hermano y yo esperamos el movimiento del pulgar del césar. ¡Cuánto en juego había en ese dedo, en ese movimiento! Ahora sí sentía miedo. No por mí, sino por él. Por el esposo, por el padre, por mi compañero. Me miró y me mostró sus recuerdos. Sonreí como nunca lo había hecho. Lloré como nunca lo había hecho.

De nuevo en la arena, observé el dedo del césar que dictaba nuestra sentencia: lo mundano se había esfumado. Pero ya no importaba. Por unos segundos, fui padre, fui esposo, fui humano.

El narrador

Nuestras tierras se nutren de tristezas cuando llega el frío. Una vez, juramos que esa época iba a ser de duelo. Papá había caducado un agosto ya hacía muchos años. Jamás volvió con la primavera.

La estufa estaba prendida, el fuego regalaba abrigo, una música velaba por nuestra paz, y un aroma nos llamaba a la mesa. Ya sentados, hablábamos acerca de todo, de nada. Cuando terminábamos, si no era muy tarde, papá nos contaba un cuento. A veces se trataba de historias de campo; otras, más épicas. Pero siempre con una emotividad abrasadora.

Mamá cortaba la inspiración del viejo. En general, coincidía en el momento justo en que un tal Aquiles estaba a punto de vencer a un tal Héctor, o cuando la mulita le rogaba al cazador que la dejara gozar una vida más. Ya era hora de ir a la cama. El narrador, con gesto de desaprobación, se detenía, pero luego sonreía a la doncella y apuraba a sus oyentes para ir a lavarse los dientes. Una vez acostados, solo faltaba el beso de las buenas noches y después soñar.

Hoy cumple años, no importa cuántos. Solo importa que ya no está. Las flores amarillas que mamá le dejó el año anterior forman parte del pasado. Murieron, como todo en el cementerio.

La lápida de papá es humilde en comparación con las vecinas. La leyenda que reza en ella es sacramental: «Eternamente, nuestro narrador». Comienzo una nueva historia, papá, donde un tal Héctor vence a un tal Aquiles, donde una mulita disfruta su libertad.

Antes del día primero

Oculto y solitario, pasé mucho tiempo esperando. Dijese el gran poeta que desconozco: «La espera tiene su recompensa». Un día lejano, perdido en el tiempo, escuché el llamado que tanto había tardado. Me dirigí hacia su voz. El camino carecía de «algo»: no vegetación, no humanidad, no ruido ni silencio. Nada más estaba yo, que lo buscaba a él.

Una luz ciega oscureció mis ojos, y el timbre de su palabra se hizo carne, y me di cuenta de la potencia de aquel que me gobernaba. En ningún momento de esos momentos lo pude ver. Me dijo que la espera ya había sido demasiada, que había llegado la hora de cumplir mi parte del trato. Empecé a escribir lo que la voz me iba diciendo.

Aparecieron una bola amarilla, una blanca, y brillantes iluminando la oscuridad. Luego, tierra, agua y bastante más. Un monstruo alado y otros tantos, abundante verde y diferentes sabores. Y, por último, aquellos dos miserables.

Y yo, que había cumplido mi parte del trato, fui a exigir mi recompensa. «Vete. Estoy descansando», me dijo. «Demando que mi nombre aparezca en el Libro de los libros como el cocreador de todo esto», le grité con rebeldía. Fue demasiado. Con un soplido, me precipitó al abismo, y el calor me sobrecogió. Enseguida sentí que ese era mi hogar, que ahora empezaba mi tarea. Y la manzana fue mordida.

Instantes

¿Son momentos de inspiración (¿inspiración?) o solo de locura, un sencillo y efímero pasaje de agitación? ¿Por qué no otorgarnos más y más de ellos? ¿Qué hay que hacer para obtenerlos? ¿Quizá dejar pasar un tiempo y pensar en otra cosa, consumir nuestra vida en quehaceres cotidianos, aprovechar mi soledad y mutar y ser uno más de los muchos más? ¿Por qué perder tiempo en cuestiones filosóficas? ¿Qué se gana preguntando, buscando, hurgando? ¿Hurgando qué? Basura es quien dice esto, quien piensa esto. Estoy harto de esperar que lleguen esos momentos. Y si no los hay más, y si no los hubo nunca, qué angustia, por Dios.

Ahora escribo sin pausa sin comas ni puntos ni nada con mucho horror de que me llegue la hora de la cordura no voy a volver a mi vida pasada a ser ese de corbata ese sí ese fulano el de la foto que estás viendo el que tiene traje gris y gafas que denotan estupidez crónica por favor quién quiere volver a ser esa persona.

Espera... Respira. Bien. Tranquilo. Eso. Así, despacio, muy despacio. Mucho mejor, ¿no? Puntos, comas, pausas. Qué bien se siente.

Auxiliooooo me quieren convertir me quieren encerrar no quiero ser como ellos mutantes sí eso son ustedes mutantes dejadme quieto sí dije dejadme no puedo y ahora digo *leave me alone* porque se me da la gana lo digo porque no me importa si me entienden lo que digo.

Cálmate... y ahora produce de manera correcta lo que has dicho con nerviosas letras: «Auxiliooo, me quieren convertir, me quieren encerrar. No quiero ser como ellos: mutantes. Sí, eso son ustedes: mutantes. Dejadme quieto. Sí, dije "dejadme". No puedo. Y ahora digo *leave me alone*. Porque se me da la gana lo digo. Porque no me importa si me entienden lo que digo».

¿Son momentos de inspiración (¿inspiración?) o solo de locura, un sencillo y efímero pasaje de agitación? Hoy, ahora, hace un instante, mañana y siempre, no importa lo que son, nunca importó ni nunca va a importar. Si alguna vez estuvieron, entonces, vale la pena seguir viviendo.

Ese dulce veneno

Misterio. Eso es. Un misterio. Los ojos son grises rojizos: grises por el tiempo; rojizos por el vino. Tiene barbilla elegantemente sucia. Su ropa varía: a veces usa una camisa marrón a cuadros y un pantalón de pana verde oscuro; otras, viste un pantalón de pana verde oscuro y una camisa marrón a cuadros; y solo excepciones, creo que en los días de fiestas, se pone unos zapatos color café, un café ya frío.

Es muy quisquilloso con los horarios: se levanta temprano, siempre a la misma hora; luego, desayuna algo, quizá las sobras del almuerzo del día anterior, le da de comer a los gatos, se higieniza a su manera y se va a trabajar. Labura no sé en dónde, no sé cuánto, y vuelve a su hogar, prende una fogata y fuma, fuma viendo las estrellas o los relámpagos, o la lluvia, pero siempre fuma con la soledad. Deleita a sus gatos con un poema que aprendió en la escuela cuando todavía no tenía la barbilla ni los ojos grises rojizos, y se va a acostar.

El ruido del basurero lo despertó hoy. Se levantó malhumorado, me preguntó por qué no puede estar tranquilo, por qué no puede disfrutar el suave cartón ni un día, ni siquiera un domingo. Y se fue. Por ahora, no ha regresado.

Los gatos tienen hambre. Se relamen y esperan a su querido dueño. A mí me dan miedo los gatos. O más bien me dan asco. Así que voy a dejar que él vuelva para que coman. Sin embargo, uno de los sucios felinos me mira con una cara muy extraña, porque conozco miradas, y esta es rara, muy rara. Es una mirada de despedida.

Observo el lugar, las frazadas que dejó desdobladas y ordenadas a la vez; miro el rincón polvoriento, las cenizas esparcidas por su dormitorio, los diarios y revistas que lo ayudan a no perder contacto con el mundo; miro la botellita de plástico con el veneno rosado. Y me doy cuenta de que ese lastimoso gato tiene razón: nunca volverá.

A tu salud, hermano mío. A tu salud.

La moneda

¡Qué suerte! Una moneda en la arena; enterrada, cubierta con olvido. «Destápame», me gritó. Estaba rodeada de mejillones. Cerca de ella, un cangrejo con tres patas, podrido hace milenios; más cerca, algas, algas verdes, verde musgo. La moneda había agarrado ese color, había mutado.

Pensé. Pensé un rato, un largo rato. Por Dios, llévame contigo. Ya no puedo seguir viendo el mismo atardecer. Siempre el mismo. Al principio es hermoso: colores vivos, anaranjados, oros, no sé, hermosos. Al principio. Luego, pierde su encanto, como todo en la tierra de la rutina.

Sé lo que estás pensando: «Por algo está aquí. Este debe ser su destino». No, no es así. Es un error. Mi lugar no es la arena, tengo cosas más importantes, más ambiciosas. Sueños que tengo que cumplir. Por favor, no te vayas. Han pasado muchos idiotas, ninguno se ha portado bien. Ninguno se ha animado a romper el embrujo. No seas otro más. Por favor, por favor. Te deberé, por favor, te deberé para siempre. ¡Líbrame de las risas de los niños que juegan con baldes, de las gaviotas que maltratan mi cuerpo, de la espuma, del eco de la voz del mar, de la poesía de la luna, líbrame!

¿Por qué tanta angustia, pues eres nada más que una moneda? ¿Qué puede hacer una moneda, si no piensa, no siente, no nada? ¿Me estaré volviendo loco? Estoy hablando con un pedazo de metal que se está desintegrando, que ya no deslumbra con su dorado. ¿Qué me ocurre? No sé, no sé. Ya tengo dinero, tengo muchas monedas más limpias, más sanas. Entonces, ¿qué sentido tiene hablar contigo? Compañía, te falta compañía de alguien sucio y solitario como yo. Por eso hablas conmigo, amigo.

No voy a desenterrarte porque tú no existes, no existes, ¿sabes? Así que déjame bañarme en paz. Quiero disfrutar el mar, «el eco de la voz del mar», como tú dices, maldita envidiosa.

Y después me iré y me convertiré en otro idiota. Continúa observando atardeceres; igual, siempre tendrás amaneceres. Aunque, ahora que pienso, dejé el cambio sobre la mesita de vidrio, no tengo para un cigarrillo. Aprovecharé tu valor, tu mezquino valor. Sí, sí. Cómprate esos que tienen un camello. Qué ingenua moneda, tú no vales eso. Quizá me alcance para uno cualquiera, los que matan los pulmones con solo una pitada. Igual, mi médico ya me pronosticó la muerte. Qué ironía, tú consigues la libertad, y yo, yo consigo el fin. No importa, ya viví demasiado. Y esto de hablar contigo ha sido mucho para mí. Ve, cómprame ese tabaco. Y luego vete y conoce el mundo.

Una última cosa: muéstrame tu cara musgosa. Ya está, así te reconoceré en ese lugar adonde todos vamos. Gracias a ese sucio musgo, hablaremos más tarde. Mucho más tarde, pero hablaremos. Adiós, moneda. Adiós, amiga.

III
Los que intentaron ser de humor sano y se enfermaron por el camino

Difícil de explicar. En realidad, yo soy una persona que, cuando está en un círculo de confianza, no tengo reparos en utilizar palabras que serían consideradas fuera de lugar en círculos de no tanta confianza: digamos, groserías, improperios, cosas que nos hacen menos caballeros, más humanos. Si bien lo anterior podría revelar de alguna manera la naturaleza de los siguientes cuentos, no es suficiente.

Agrego, pues, la otra parte que justifica la aparición de esta categoría, tan distinta a las demás. Hubo un libro que motivó este amorío con el humor «impertinente»: un libro de cuentos cortos que, luego de leerlo, hizo que desbarrancara por algún tiempo. La pregunta que, creo saber, se están haciendo, y que sé que yo me hice, es por qué invitarlos a que participen de este libro si distan mucho de asemejarse a los demás cuentos. La respuesta a ese cuestionamiento que, creo saber, no encontraron, y que sé que yo encontré, es que estos cuentos son de mi autoría, y yo hago lo que quiero con ellos.

Cosas del perdón

La atmósfera de la sala sabía a vicio. Cinco hombres, cinco enemigos, cinco perdedores.

El póker era un juego elitista: solo jugaba la mierda del pueblo. La gente fina estaba bailando y riendo en el *country*. En mi puta vida había ligado tan mal. Y eso que para el amor andaba para el culo. Pues bien, decidí seguir. El pozo era jugoso, mi billetera estaba cada vez más flaca. Sin embargo, tenía una corazonada, una corazonada moribunda, pero corazonada al fin.

«Tres cartas», pedí con furia. Mi cara esbozó una sonrisa. Ya la cara de póker, esa cara que los buenos jugadores tienen se había esfumado.

Subí la apuesta. El hijo de puta que estaba a mi derecha, y que me venía sentando hacía rato, siguió la mano. Yo tenía pierna de 10; él, de J. Con una jodida voz, me pidió disculpas y se apropió de las sucias fichas.

Fue mucho. Salté de la silla embriagado de cólera y lo cagué a trompadas. Los otros tres me detuvieron y me echaron del bar. «A cagar con todos».

Borracho y hediendo a derrota, fui a la casa de la mujer que amaba y que me había roto el corazón hacía dos meses. Toqué el timbre un par de veces. Nadie atendió. Quizá porque serían las tres de la mañana, quizá porque era el hombre que le había regalado un par de cuernos. No me importaba la razón. Insistí, quería verla, quería cantarle una canción. Comenzó a llover. «Mierda», grité. Y me fui.

Caminé hacia alguna parte. No me acuerdo adónde. Pero era un lugar solitario. Me encontré con un individuo misterioso. Charlé con él. Me contó su vida, me convidó con una pitada. Agradecí la atención y seguí mi peregrinaje. El sol comenzaba a nacer. Recordé su cara, la cara del hombre que me había robado la gloria.

Insulté a un perro que con su ladrido me hizo tomar conciencia de que era padre.

«Mis hijos me han abandonado —pensé—. Nadie tengo ahora. Joder. ¡Qué vida miserable!».

El sol seguía naciendo. Me acosté en un banco de la plaza, esa plaza que me vio crecer, que me vio arruinarme. Tuve un sueño. En ese sueño yo era alguien bueno. Qué bien se sentía: yo era bueno. Las campanadas de la iglesia me despertaron. Unos niños me miraban. Ya sabían quién era, así que no los asustó mi estado.

Sentía unas ganas inmensas de ir a misa para luego confesarme. Desde la época en que era monaguillo, cuando ayudaba al padre Jacinto, que en paz descanse, no pisaba el lugar sagrado. Seguí a las viejas que se dirigían a la casa de Dios y me senté en el último de los ancestrales bancos. «Amén», qué raro se sentía decirlo. «Amén». De forma increíble, me acordaba de todas las respuestas.

Cuando terminó la misa, me acerqué al párroco, a quien no conocía. «Quiero confesarme, padre». Respiré hondo y escupí todos los pecadillos. Cuántos eran, en qué resaca de hombre me había convertido. Primero, segundo, tercero: todos los mandamientos, todos los había violado. La tabla de Moisés me la había pasado por el orto. «Estoy arrepentido, padre; juro que lo estoy». Incontables padrenuestros, infinitos avemarías.

Qué bien que me sentía: puro, vivificante, nuevo. El sueño se había hecho realidad. Estaba pronto para empezar una vida inmaculada, una vida correcta, una vida de servicio. Y no vacilé ni un minuto. Ya sabía qué hacer. Lo primero era pedir disculpas al individuo de la noche anterior. Me dirigí al bar. Estaban jugando. Les sonreí. Me invitaron a sentarme.

«Escalera», me dijo. Maldito hijo de puta. Lo maté. Ya era tarde para el perdón.

Amigos son los de antes

El otro día tomé conciencia de que no sé bailar. Me costó mucho aceptarlo. Siempre fui partidario de ese enunciado medio «cursi» que dice algo parecido a «si los movimientos surgen con libertad desde adentro, todo lo demás no interesa». ¡Qué pelotudez! La verdad es que estoy en deuda con la persona que me hizo ver lo duro que soy.

Por otro lado, tengo una duda que me carcome desde ese momento: o elijo tomar clases de baile, y gasto tiempo y algunos escasos vintenes (qué ingenuo que soy); o solo opto por alejarme de los históricos lugares que marcaron a fuego mi adolescencia.

Si elijo la segunda, me veré obligado a buscar alguna otra actividad, no sé si artística, pero sí de naturaleza corporal. Es decir, el *zapping* está muy lejos de ser el que gobierne mi tiempo libre. Temo por eso. Y, justo a causa de ello, voy a moverme en esa búsqueda (¡acabo de ver en el canal 42, mientras Gran Hermano fue al corte, un *Llame ya* que vende caminadores atractivos!). Pero esa no es la idea que tengo. Yo quiero naturaleza; y, aparte, no tengo esa plata.

Bueno, ya me decidí. Comenzaré a jugar una vez por semana al fútbol 5. En realidad, siempre fue lo que quise, ya que es una actividad que uno puede realizar todo el año sin importar el estado del tiempo. En verano, uno puede jugar de tardecita y no te hacen problema si lo hacés con el torso desnudo. Otoño, se barren las hojitas que se encuentran en la cancha y comienza el *match*. Invierno, estación jodida: frío y lluvias; para lo primero, la motivación de la victoria es la mejor medicina; para lo segundo, ¿para qué sirven las techadas? Y la última, la primavera, estación de los enamorados; no hay que dar explicaciones para convencer al jugador que falta.

Sí, no hay objeciones. El baile es algo lejano que cumplió su ciclo. Los recuerdos no se van a borrar. Y quizá, cuando pase por esos lugares, la nostalgia se presentará. En esos momentos, trataré de no llorar o de evitar cualquier tipo de impulso bélico contra aquel que me quitó el sueño de romper los límites de la destreza humana. Pero eso será al principio, cuando todavía no haya encontrado a los nueve gladiadores del verde césped.

Por eso, ahora, mi desafío es ubicarlos. Baaah..., desafío: es una simple tarea, ya que la vida me ha dado decenas de amigos. El primero en la lista es Rodríguez (nos llamamos por el apellido; somos rejodones). Espérenme un segundito, que esto es un trámite...

Aaah..., disculpen la demora. No, no hubo inconveniente alguno. Nada más que Rodríguez, al igual que Scopelli, Pérez, Giménez y otros más, me dijeron (con mucho tacto, eh) que el fútbol se asemeja mucho al baile.

Así que, ya ven: estoy pensando en alguna otra actividad. De igual manera, llegué a una conclusión bastante interesante: que la sinceridad es algo peligroso para una persona tan lúcida como yo. Ahora, si me permiten, voy a bichar un segundito quién está nominado para irse de la casa.

En memoria de Severino

Más allá del relativo conocimiento acumulado en mis nueve años de vida, no tenía la menor idea de cómo era un circo. Había escuchado muy por arriba los personajes que lo nutrían de magia: los payasos, el domador y su fiera, los trapecistas, el forzudo, y hasta me pareció que anunciaban la presencia de una mujer barbuda, lo cual fue bastante desagradable cuando imaginé a mi madre con la barba de mi desprolijo vecino. En ese preciso momento, me di cuenta de que la belleza trasciende la apariencia. Claro, eso fue por un tiempito. Luego, me contaron que ella había sido una solterona toda su vida. Pobre criatura...

Fue algo nunca visto. En realidad, que dijera esto un niño tan pequeño, como lo era yo en esa época, no sorprende tanto. Ahora bien, que esa conclusión haya sido sacada por uno de los más antiguos ciudadanos sí que tenía relevancia. Un circo que se dignaba a venir a nuestra morada.

Por otro lado, se encontraban los más pesimistas, que comentaban, y hasta a veces convencían a terceros, que si este circo había anclado en nuestra casi desconocida ciudad era porque sus integrantes estaban relacionados con el tráfico de armas (alguna de las guerras, no me acuerdo cuál, había dejado secuelas también a imparciales) o porque eran solo una manga de vagos, de transeúntes a quienes lo único que los diferenciaba de los otros de su especie era que vivían en una carpa gigante y tenían alguna habilidad, o más bien una falla hormonal.

La cuestión fue que mi padre aplicó el dicho «oídos sordos a palabras necias». Apenas el auto antiquísimo anunció por su parlante chatarra que la inauguración del circo sería al otro día, tomó la batuta y se dirigió hacia el hogar de los nómades para comprar tres entradas.

En realidad, mi madre (que, gracias a Dios, me había explicado que la barba era de forma exclusiva para mujeres del espectáculo) dudó en aceptar la invitación que mi padre, su esposo, nos había hecho el viernes de noche mientras cenábamos, pero no por las continuas críticas de la chusma —mi madre siempre fue una persona que no se dejaba llevar por la corriente—, sino por los payasos. No sé qué fue lo que le hizo temer de por vida la imagen de estos coloridos individuos y no creo que venga al caso, solo les digo que costó mucha saliva obtener la afirmativa de mi querida madre.

Me acosté temprano. Quería estar bien descansado para el día siguiente. Traté de olvidar la expectativa, que en general era una de las sensaciones más difíciles de superar. Pero el pensamiento de quedarme dormido mientras el individuo que había visto por la tele volaba por los aires (todavía no sabía que se llamaba «trapecista») me obligó a dormirme.

Solo me desperté una vez durante la noche y fue porque tuve un sueño o, más bien, una pesadilla: yo estaba en la cocina tomando la leche cuando mi madre con su mano derecha castigaba a mi padre con un látigo, mientras que con la otra se rascaba la parte más espesa de su negra barba. Más adelante, en mi adolescencia, ese sueño me costó una buena plata (de mis viejos, ya que la culpa había sido de ellos) en un psicólogo que tenía ciertos rasgos del forzudo. Casualidades de la vida... De manera increíble, no hubo vigilia: solo tomé un vaso de agua y en silencio entré al dormitorio de mis padres. Gracias a Dios y la Virgen, mi madre tenía su rostro desnudo. La presencia del látigo junto a la cama la tomé como un juego.

La mañana del gran día se me hizo eterna. En realidad, podría haber sido aprovechada de otra manera. Era un día hermoso que se prestaba para realizar cualquier actividad al aire libre. En vez de eso, me quedé como un zombi frente al televisor viendo al alcahuete de Ultratón quemar a algún mocoso infeliz que todavía no controlaba su vejiga. La verdad que, si hubiese sido otro sábado, no me hubiese importado verlo. O hasta habría sentido envidia de los gurises que gritaban «Decir cosas malas...» bien cerquita de Cacho. Pero, esta vez, ese sentimiento estaba ausente.

No me acuerdo si comí o no, solo sé que mis padres me obligaron a sentarme a la mesa paliza mediante. La siesta me la salteé. No es que no me acosté: lo hice porque, si no, la sensibilidad de mi traste iba a ser probada de vuelta. No pude dormirme a causa de las excesivas ganas por conocer ese mundo nuevo.

El ruido de los pasos de mi padre (uno termina identificando de quiénes son) bajando las escaleras era una señal de que la siesta había llegado a su fin.

La merienda y el baño fueron tan veloces que ni siquiera mi di cuenta de que ya estaba pronto para irme. Papá se fijó si era necesario abrigo, pero la tarde que había hecho bastó para abrigar a la noche. El circo quedaba en las afueras de la ciudad, lo cual significaba que el viaje no era tan corto como yo hubiese querido.

No me pregunten qué camino agarramos, porque con sinceridad, lo último que necesitaba en ese momento era utilizar mi memoria. Para colmo, como banda sonora, tenía una voz que me hacía acordar a la de un compañero del coro (sí, era un niño bastante extraño) que había robado la única posibilidad que iba a tener en mi vida de hacer un solo delante de la que iba a ser la futura esposa del hijo del domador del circo (casualidades de la vida).

Por fin llegamos. Comparado con la intensa oscuridad que nos propiciaba la carretera, las luces del circo se convertían en una magnífica bola de fuego. Lo primero que me sorprendió fue el gentío. A pesar de mi corta vida, ya había visto un par de películas cuya trama se simplificaba de la siguiente manera: un hombre que desafiaba a los malos para luego convencer a sus pares de que, en realidad, nada es imposible y que vale la pena luchar contra ellos para vivir mejor. En verdad, este ejemplo no me sirve de mucho para explicar lo de la multitud (me emocioné con los clásicos de antes). Salvo que, por culpa de mi padre, quien desafió la opinión de los «viejos sabelotodo» (entre otros, mi abuelo), el pueblo dejó de lado los prejuicios que se tenía sobre el ambiente del circo y sus personajes, y los llenó de vítores.

Por un lado, me sentía feliz de encontrarme con mis amigos y compartir con ellos esa maravilla, pero, por el otro, me daba rabia estar en lo último de la cola para entrar. Me hice fuerte, traté de admirar la bóveda celeste con sus nítidas estrellas (me encantaba buscar las constelaciones). Sin embargo, para mi pobre espíritu sediento de distracciones, las luces de los ahora malditos reflectores eran tan fuertes que hacía fútil esforzar la vista en la búsqueda de aquellas hermosas formas brillantes.

Le pregunté a mi padre si veía a alguien conocido, a lo cual respondió con un «no» cansino, muestra de que no era el único fastidiado por tal muchedumbre. Pero continuó diciendo: «Aunque debo decirte (siempre era bastante correcto en su forma de hablar) que recién me pareció ver a papá comprando garrapiñada». Para mí, eso fue el colmo: en ese preciso momento me di cuenta de que la vida no era justa. Mas ese pensamiento terminante no me sirvió para atenuar mi ira contra toda la colectividad del pueblo.

De pronto, mi atención se desvió hacia una sombra, una sombra bastante peculiar. Su dueño se escondía dentro de un pequeño cuarto contiguo a una jaula, desierta en ese momento. Hice despojo de mi juramento solemne a la obediencia y, mientras mis padres discutían sobre algo sin demasiada importancia (la ocasión llevaba a ese tipo de cosas), caminé en silencio (más allá de que, con el ruido de ambiente, no era necesario ser tan sigiloso) hacia ese pequeño cuarto donde reinaba la sombra.

Si a través de la hipocresía de mis vecinos conocí la injusticia, mis ojos fueron los causantes de perder mi inocencia. Comprendí lo peculiar de esa sombra: el ya renombrado enano estaba sobre la ya renombrada mujer barbuda. Al principio, pensé que se trataba de un bebé (desproporcionado, sí, pero un bebé al fin) que estaba tomando pecho de su madre con problemas hormonales. Ingrata verdad: una imagen vomitiva, una escena dantesca.

Todo el sueño que el circo dejaba entrever en los comerciales, toda la ternura que emanaba a través de la voz del parlante, todo eso se esfumó cuando ese fenómeno emitió algunas palabras que jamás había escuchado.

Salí del cuartito, que no era sino un sucucho de anormales, dejando a mi inocencia que, en ese momento, se escondía en la sombra formando un trío bestial.

No me quedé dormido. Después de eso no pude dormir en mucho tiempo. Vimos el espectáculo, comí (porque tenía que comer), si mal no recuerdo, un pancho de los largos con mayonesa, y luego volvimos a casa. Fue la peor noche de mi vida.

Lo irónico de todo esto fue que, años después, uno de mis mejores amigos fue Severino, un enano muy dulce que no tenía pizca de maldad. Luego de entrar en confianza, lo primero que hice fue contarle aquel recuerdo. Me escuchó como nadie lo había hecho. Y me explicó que lo que había visto era algo normal. Sobre todo, entre un enano y una mujer barbuda. Me dijo que entre esas dos especies hay mucha afinidad. Él podía hablar con mucha propiedad porque tenía un montón de familiares en esas condiciones. Hasta él mismo había salido una vez con una chica de esas características, pero no había funcionado porque la barba le irritaba su delicada piel.

Luego de la charla que tuvimos, de todo lo que me enseñó, volví a ser el tipo bueno y sin prejuicios que yo era antes de aquel suceso poco fortuito.

Por eso, gracias, Severino, enano con mayúscula.

Gente para todo

Me molesta la gente que rompe la paciencia sin razón alguna. Existe para joder. Ese verbo es su alimento y se hace fuerte debido a él. No comprendo su complejo razonamiento. Digo «complejo» porque necesito un adjetivo para definir (más bien, para describir, ya que esta es la función verdadera del adjetivo) tal jeroglífico.

No es una manera muy delicada ni atrayente de comenzar un relato, se dirán. Bueno, allí lo ven. Lo primero que hacen (sí, ustedes, pésimos lectores) es castigar con sus envidiosas críticas a este pobre servidor que lo único que trata de hacer es expresar sus sentimientos.

Sí, hice terapia. ¿Cuál hay? ¿Algún problema con eso? ¿Por eso soy un loquito, o un fenómeno de circo? No, che, no. Sentado en el diván (en realidad, era un simple sillón de madera), me di cuenta de que todo el mundo tiene problemas, de que yo no era la excepción. Mi psicólogo me enseñó que la vida que a uno le toca es la que hay que vivir. Sabias palabras. Claro, el hijo de puta me cobraba $1500 la consulta, tenía un Porsche y, como secretaria, una mina que te volvía loco (ella era la que traía a los pacientes, no sus problemas).

Por eso no me resultó la terapia. A los cinco meses la dejé. De forma misteriosa, al pobre de mi psicólogo se le incendió el consultorio con todo adentro, incluida su persona. En fin... Son cosas que pasan.

Escucho susurros varios. ¿Que fui yo el causante de la primera llamarada? Ustedes no perdonan ni a su madre. ¿No entendieron cuando dije que el tipo me había dado la tranquilad necesaria, la seguridad que pedía mi corazoncito? Averigüen, dale, averigüen. Con mi familia, con mis amigos, con mi... Sí, sorete revirado, tengo amigos.

Ya veo que esto es un caso perdido. Lamento que no puedan entender mi paz interior. Con gusto la compartiría y, si fuera necesario, cedería mi lugar a cualquiera de ustedes.

Menos a vos. Sí, a vos. El que tiene cara de trolo. No, vos no (mirá que son idiotas). El otro, el que está atrás de vos haciéndome señas obscenas... Sí, sí, a vos. Seguí haciéndote el pajero, que afuera te voy a mostrar mi paz interior.

Bueno, para ser la primera reunión, estuvo bastante bien. Gracias... Gracias... Bueno, no es para tanto. Los espero el próximo miércoles a la misma hora. Ah..., traten de pensar qué es lo que más los hace enojar. Escríbanlo en un papel y después lo compartimos. Dale. Chau, chau.

Atilio, vení un segundito. ¿Te encontrás bien? ¿Te sentiste incómodo? ¿Seguro?

Bueno, entonces, en la próxima reunión, juntá esas manitos grasosas que tenés y comenzá a aplaudir. Porque, si no, te voy a dar tantas patadas en el orto que ni Mahatma Gandhi te va a salvar, gordo pelotudo.

IV
Relatos míos de vidas mías

Mi infancia está marcada a fuego por la maravillosa familia que Dios me regaló. Una de las historias que narro a continuación es una linda anécdota que viví junto a mis padres y hermanos, un recuerdo tan intenso y hermoso que ni siquiera el paso del tiempo hace dudar de su autenticidad y vigor.

En mi adolescencia y parte de mi juventud, aparece un nombre que jamás olvidaré: *Villa García*. En estas dos palabras, que hacen referencia al nombre de una zona de Montevideo, se descubren con facilidad muchas otras: *servicio*, *vida*, *plenitud*, *pobreza*, *futuro*, *enseñanzas*, *aprendizajes*, *etapas*, *proyectos*, *frustraciones*, *justicia*. Pero la palabra que se eleva ante todas las otras y la que dio una dimensión trascendental a mi vida es *amor*, un amor que se me dio gratis, sin merecimientos, solo por estar allí, por estar donde Dios estaba.

Un día en el ayer

Cada recuerdo de aquel día es como un granito de arena que, junto a otros, forman una duna. Con lentitud, el viento y el tiempo los van dispersando hasta dejar puñados de pequeños cristales.

La mañana surgía con mucha fuerza. El crepúsculo intentaba tener un poco más de protagonismo, un poco más de tiempo. Sin embargo, el sol se oponía con firmeza a esperar, y ni el ruego de su oponente fue capaz de detener aquella intensa bola de fuego. El cielo celeste conversaba con timidez con su creador y sonreía, seguro. Por último, los días sin gracia se interrumpían. La lluvia y el gris tristón habían convertido aquel verano en un julio omnipresente.

Cuando mis ojos recién abiertos captaron, sin mucho convencimiento, un pequeño y atrevido rayo de sol que se colaba por los espacios de la persiana envejecida de mi cuarto (culpable de tantos dolores de cabeza de mi pobre padre), corté en forma violenta mi descanso. Corrí hacía la puerta entreabierta que daba hacia el jardín y me encontré con los violines de la naturaleza. El sol me guiñó y la brisa trajo la invitación a una fiesta cuyo anfitrión era la playa. Unos minutos más tarde, nos encontrábamos sentados en la mesita redonda de mármol ubicada junto al palo borracho, tomando la leche en los vasos anaranjados y devorando el pan blando con manteca que mi madre compraba día tras día en el almacén llamado Los Andes.

Ese desayuno fue inolvidable. Las sonrisas de cada uno de nosotros dejaban en claro que las loterías y las congas iban a quedar atrás. Era momento de aire libre. Por fin, el calendario se había puesto de acuerdo con el clima. Era enero. Enero del 92. Unos instantes después, ya estábamos prontos para inaugurar la arena y el agua. Una pasada de bronceador (no tan abundante como la de hoy), pelota, sombrilla, mate y termo, lectura para los adultos (diario, revistas de crucigramas, etc.), sillas y unas ganas terribles potenciadas por la maldita lluvia que yacía en el olvido.

Si me pongo a pensar en lo largo que me parecía el camino hacia la playa, de seguro sentiría una cierta nostalgia, nostalgia por haber dejado atrás esas cosas que solo los niños son capaces de apreciar, de sentir. El pavimento caliente nos saludaba desde abajo. Dos por tres, mamá nos prevenía: «Ojo con el alquitrán, que está húmedo». Hasta esas advertencias me parecían música para mis oídos. El arroyo Sarandí, que daba nombre a la calle donde vivimos, nos acompañaba en forma silenciosa pero expectante. A lo lejos, el mar comenzó su ritual. La felicidad de Poseidón se manifestaba en el sonido de las olas. El pique de la pelota quedó silenciado por la arena muy caliente. Habíamos llegado.

Las primeras pisadas fueron similares a los lunares pasos de Armstrong. Con la excepción de que Neil estaba solo, y yo compartía esta fantástica sensación con mi familia. Ya no podíamos esperar más. El tridente del dios griego nos hipnotizó. Mientras mi padre ubicaba la sombrilla según la inclinación del sol, nosotros ya habíamos comenzado la carrera hacia el azul soñado. Como un pez, respiré bajo el agua. Abrí los ojos sin miedo y solo disfruté. Si la perfección no existía para el hombre, entonces, me encontraba en el cielo. Ni el pensamiento de que ese momento iba a terminar arruinó esa dulce sensación.

Luego de varios minutos, con mis hermanos decidimos que era hora del clásico picadito. Las chancletas eran los palos; y la arena, el estadio Centenario. No nos importaban las gotas de sudor que de manera continua aparecían en nuestros cuerpos arenosos. La victoria era nuestra. Un momento de descanso (efímero por cierto) bajo la sombrilla, que se contentaba con tener un papel secundario en aquel paisaje tan hermoso. Unas pocas galletitas, la botella con agua, los quejidos de mamá por beber del pico. Nada estaba fuera de lugar. Nada. Ese día fue inolvidable. Tal vez por ser el primero de aquellas vacaciones en que el amarillo se dignaba a aparecer. No lo sé.

Hoy, doce años después, sigo escuchando los gritos de la inocencia, que me invita a darme un chapuzón igual al de aquel día.

Solo ella

De nuevo, el 103. Me preparo para ella. Solo para ella.

Camino sabiendo mi destino. Allí sí que no tengo dudas. Con los nervios de un padre la busco.

Sigo caminando, sigo buscando, sigo sufriendo. Llego a mi lugar de sueños. No hay nadie. Ella no está.

No puedo quedarme solo. Decido ir más allá. ¿Y si está en peligro? ¿Y si se está muriendo de a poco? ¿Y...? El sol comenzó a abandonar mi frente. El silencio me habla. El lugar se va alejando hasta perderlo. Sin embargo, el miedo me activa y me permite mirar para delante. La tengo que encontrar. La tengo que salvar.

El camino tiene una curva conocida. Me cebo el último mate. Estoy solo.

Un perro nota mi tristeza y comparte mi aventura. La luna misteriosa se nos une. La oscuridad cesa. No me animo a gritar. ¿Y si no me contesta? Mi compañero lo hace por mí. Un ladrido retumba en mi existencia. Responde el abismo. No hay señal de vida. El camino se hace más polvoriento. Una brisa se presenta. Me tapo los ojos. Pero ya es tarde. El polvo me hace lagrimear hasta llorar. La brisa, al verme, se detiene, pero mis lágrimas continúan.

La perdí. No pude hacer nada. No hay más sueños para ella. Ni para mí. Luego de unos instantes atemporales, me seco los ojos, y mi cuerpo retorna en sus pasos. El perro se pierde de vista. La luna decide acompañarme. Camino con la mirada perturbada. La curva se hace desconocida. Me tumbo en el pasto duro y amarillento. Ya no siento nada. Parpadeo una vez, dos veces. Duermo. Olvido.

V
El cuento

El que sigue es, de todos, mi preferido. Carezco de argumentación para explicar esta predilección. Tan solo lo sé, pero, más que nada, lo siento y no me preocupo en buscar dichos argumentos. Cada vez que vuelvo a mi río, me hago esta pregunta: ¿existe alguien tan huérfano de maldad como él? Con felicidad, siempre encuentro una respuesta esperanzadora, porque en mi vida he conocido más de un río lleno de compasión.

Río

En la tierra abundan ríos, y abundan las historias que hablan de ríos, y los escritores que cuentan historias que hablan de ríos. Ríos oscuros y transparentes, ríos que gritan, callados, que gritaban y que ahora callan, ríos que perduran en lo finito, ríos que van muriendo, que se golpean contra algo, contra rocas, o contra otros ríos u océanos.

En la tierra abundan, pero cada vez escasean más y más. Aquellos que servían para refrescar las memorias, esos escasean. Aquellos que hablaban en varios idiomas y que se hacían sentir con ternura, esos escasean. Ríos que hacían música cuando las gotitas frescas de la lluvia primaveral caían con serenidad sobre su cuerpo y producían círculos concéntricos, y los renacuajos cantaban, y los alguaciles bailaban. Esos, esos ya no abundan, esos escasean.

Yo conozco uno, ese todavía hace música que hace cantar a los renacuajos y bailar a los alguaciles. Este río mío, mi río, no tiene origen. Es más viejo que todo espíritu, que cualquier cosa que se anime a decir su edad. Pues la edad de mi río no se calcula en años, ni en décadas, ni en siglos, ni en eras, ni en nada que el hombre pueda comprender. La edad es algo intrascendente, dice él. Yo me río de mi río cuando murmura eso.

Cuando me baño en él, cosa que me permite porque soy yo, me hacen cosquillas en las plantas de mis arrugados pies (porque yo sí tengo edad, tengo años y tengo arrugas), las algas que viven con él, las algas que son sus amigas. Luego, algún pez se me acerca. En general, son esos peces con bigotes largos, que dan impresión de ser sabios, seres que emanan sabiduría, quizá por estar inmersos en mi río; quizá por eso son sabios, quizá por eso las algas me hacen suaves cosquillas. Los peces saltan de vez en cuando y presumen con sus grandes saltos; cuando mi gran amigo se cansa de su chapuceo soberbio, los mira con su cara de dios todopoderoso, esa cara que estremece a los otros peces, que no son tan sabios, y el ancestral animal vuelve a su dulce hogar.

Le juré que no diría dónde está ubicado. Yo lo comprendo, sepan disculpar mi silencio. Luego de bañarme, me siento cerca de sus pies, en la orilla de su cuerpo, y hablo mucho. Mi soledad ayuda para hablar tanto, tanto, tanto. Le cuento de mis antepasados, de mis sueños, de mis tristezas.

Le cuento sobre mi hogar («mi segundo hogar», le aclaro). Su escucha es deliciosa. Ya no tengo que agradecerle porque ya sabe que estoy harto agradecido de sus eficaces consejos, de sus caricias matinales y de sus taciturnas buenas noches.

Ya soy viejo. He dicho que las plantas de mis pies están arrugadas, también mis recuerdos... Creo que es hora de rezar mis últimos versos.

En tus aguas, majestad, en tus aguas, quiero deslizarme, quiero fundirme en ellas, quiero que ellas sean mi eterno descanso. Concédeme este último favor, y seré el hombre más feliz de este mundo y del otro.

Un suspiro. Gracias, amigo. Puedo ver el último resquicio de sol a través de tu cristalina y casi imperceptible epidermis, que con lentitud me acompaña a la gloria divina. Otro suspiro. Gracias, ingobernable salvaje. Puedo ver las algas y los peces, y ahora veo el polvo, ese que alguna vez fue tierra, que alguna vez fue hombre. Último suspiro... *Eternam et lux perpetua.*

VI
Los más largos entre los cortos

Si en el libro existen suspiros, también hay respiraciones profundas. Los siguientes son cuentos que necesitan más que unos guiñes para ser finalizados. Coinciden en que son los más añejos. Puede ser que sea algo más que una coincidencia . Puede que la inexperiencia me llevara a pensar que un cuento, para conseguir el status de atractivo, debía superar una determinada extensión. Concepto equivocado si los hay. Sin embargo, espero que, en estas historias, dicha percepción (errónea, a mi entender) se vuelva acertada.

El dormitorio de los dioses

Sentado en su sillón preferido, pasaba horas leyendo libros de cuentos. La biblioteca, majestuosa y misteriosa, era su mejor amiga. No había lugar para interrupciones. Una vez que comenzaba, era difícil detenerse. Razones para hacerlo: quizá un terremoto. Quizá. Ese era el tiempo de libertad, como lo llamaba él.

El espacio ayudaba para la concentración absoluta. Un dormitorio apagado, tampoco un lugar deprimente. La única ventana, que daba a una calle que en el pasado había sido muy transitada, estaba algo sucia y no permitía que la luz provocara sombras. Un escritorio de madera donde se apoyaba solo un portalápices. El escritorio estaba ubicado dándoles la espalda a los sauces llorones que se observaban desde la ventana. En uno de los rincones, el sillón ya mencionado, con muestras sobresalientes de un uso excesivo. No parecía muy cómodo. Tenía el respaldo lleno de irregularidades, al igual que sus apoyabrazos. Por encima del mueble, colgado en la pared, que poseía cierta humedad, un cuadro con marco muy rudimentario mostraba un hermoso paisaje, una visión espectacular. En la esquina más alejada de la puerta, se encontraba una reliquia: un tocadiscos. Era obvio que había pertenecido a generaciones anteriores. Por eso, con solo verlo una vez, los recuerdos inundaban la atmósfera y parecía que todo el cuarto se volvía blanco y negro. Los discos no estaban a la vista. Los guardaba en un compartimiento, lejos del alcance del presente.

En fin, un dormitorio para personas que gustaban de soledad o, por lo menos, que se habían acostumbrado a ella.

Desde muy pequeño, fue haciendo suyo ese espacio. Al comienzo, era un lugar de reunión familiar. Poco a poco, esos momentos se fueron esfumando. Los motivos de ello los desconozco. Solo puedo decir que el vínculo familiar, tan envidiado por otras familias, se había quebrado, y el lugar de encuentro se había convertido en un refugio para él.

A medida que fue creciendo, como recompensa a la lectura constante, descifró el arte de la escritura. Escribía con tal pasión que se olvidó de todo lo demás, todo lo otro que valía la pena. Él era el único conocedor de ese amor. Nunca tuvo la fuerza para salir de su guarida, para cruzar la muralla que lo aislaba de un mundo poco compasivo. Ese dilema aparecía de vez en cuando, por lo general, cuando tenía un momento para pensar, para extrañar. Pero luego se encerraba en el cuarto, y el humano dejaba paso al escritor.

Un día, lejano ya de hoy, el huraño despertó. Se asomó con pereza a la ventana. Autos, ómnibus, personas caminando. Todo había desaparecido. Solo llegaba a ver los tristes árboles. Sus ojos grises, embestidos por el paso del tiempo, lloraron. Ambos dos, el escritor y el humano estaban solos y habían perdido gran parte de su vida.

Años que ni se acordaba; no tenía fotos para comprobar su vida anterior. Era tal la agonía que su mente prolongó la locura hasta llegar al punto de creerse un personaje que él mismo había creado.

No paraba de buscar explicaciones. Y, cuando las encontraba, volvía a explorar a través de la ventana para caer de nuevo en más angustia. Era como un hombre que buscaba el dolor, un masoquista. Yo no entendía por qué hacía todo esto, ya que la ventana siempre había estado en ese lugar. Luego comprendí que nunca se había asomado a respirar.

Se alegró de que la fatiga lo invitara a sentarse. Desde su sillón, vio uno de sus libros. Fue una mirada asesina. Su arte había sido el cómplice del destierro. La tinta fue un veneno, una droga que lo fue eclipsando con lentitud hasta caer en completa oscuridad. Después, mientras escuchaba las ahogadas notas de una melodía adecuada para el momento, decidió atenuar el sufrimiento. Más gramos de lo mismo. Lo único que le importaba era no perder la demencia. El éxtasis prevaleció ante la posible verdad. Los días se fueron acortando; los meses se conjugaron en años; y estos, en infinitas arrugas. Pero la mano seguía intacta. Los libros, descuidados, estaban orgullosos de ser parte de aquella biblioteca.

Años más tarde, después de la aterradora mañana, el viejo escritor, con admirable agilidad, se levantó de su ya añejado amigo. Con paso lento, se dirigió al tan preciado hogar de sus libros. Del primer estante, tomó el que parecía el más descuidado y, por lo tanto, uno de los más antiguos, por no decir el más. Luego, volvió sobre sus pasos y suspiró con satisfacción al encontrarse en su sillón. Sopló la tapa del inmortal elemento. Hubo un instante de melancolía. Sin embargo, esta dejó paso a la curiosidad.

Con los dedos, ya sucios por el encuentro con el polvo, fue pasando una por una las hojas amarillentas. Las cansadas pupilas se dilataban de acuerdo con la intensidad de la lectura. Al acabar, el anciano pareció confundido. Lo que había estado hojeando era algunos versículos del Antiguo Testamento. ¿Cómo había ido a parar allí? La pregunta tenía sentido de ser. Porque todos esos libros habían sido escritos por él.

Tomó aire. Esta vez con más dificultad, se puso de pie y repitió el camino. Descansó un momento. Con un temblequeo, lejos de ser provocado por los años, leyó: «¡Oh, dioses! ¡De qué modo culpan los mortales a los númeses! Dicen que todos los males les vienen de nosotros, y son ellos quienes se atraen con sus locuras infortunios no decretados por el destino...». Momentos después, una expresión de triste demencia apareció de manera fugaz. El título rezaba la *Odisea*.

Se sintió caer en un abismo. Recorrió una y otra y otra vez ese desesperante laberinto: *La vuelta al mundo en 80 días*, *Divina comedia*, *Hamlet*, *El viejo y el mar*, *Cien años de soledad*. Todos los clásicos estaban allí, y también los que no lo eran. Pero ni los primeros ni los últimos tenían como autor al ahora moribundo anciano.

Comenzó a gritar. Sus gritos eran un llamado al ángel negro. Ese mismo que, aunque resultara increíble, todavía no había llegado. Sin embargo, en lugar del anhelado amigo oscuro, acudieron otros dioses. Lo saludaron. Anonadado, respondió al saludo con silencio. ¿Tan necesitado estaba su espíritu para llegar al extremo de imaginar esos fantasmas? Fue un momento muy extraño. Del viejo brotaban antiguas primaveras.

Los recién llegados, aunque desconocidos, le regalaron compañía. Apenas abrió ese presente, mostró una amplia sonrisa. La confianza, que poco apoco se afianzaba, le permitió averiguar sus historias. Uno a uno fueron contando su pasado.

El primero había volado desde Grecia. Dijo que, como la toga lo incomodaba, se había puesto pantalones más cómodos, comentario que confundió un poco al ahora escucha. Enfermo de curiosidad, preguntó su edad. El griego pensó un instante y, alimentando la expectativa ya creada, confesó: «Este mes cumplo dos mil cuatrocientos años... —y agregó enseguida—: pero me siento como si la inauguración del Partenón hubiese sido ayer». Tan descabellada era esa respuesta que el viejo no tuvo más que creerla.

Mientras el divertido interrogatorio sucedía, algunos de los otros invitados se paseaban por el dormitorio. Algunos rodeaban el tocadiscos, otros miraban la naturaleza. Pero la mayoría admiraba la biblioteca y, con permiso mediante, se saciaba con el material de lectura.

Cuando el sonriente detective terminó con su primer testigo, llamó al segundo. Su inglés era tan cerrado que el arrugado se sorprendió de entenderlo. Su historia era un poco más normal. Salvo por el hecho de que se llamaba William Shakespeare, todo lo demás coincidía con la cordura, que con ironía se había convertido en una intrusa.

Y así fueron pasando. Memorias distintas se atrevían a jugar. Contaban sus vidas. Saboreaban la deliciosa atención que el viejo prestaba. El mismo viejo que, hacía quién sabe cuánto tiempo, desfallecía por conocer la verdad de sus versos.

Lo grandioso de todo esto era que el histórico habitante de aquel dormitorio ahora estaba conviviendo con los escritores más famosos del mundo. Aunque sobrevivientes en las almas de sus fanáticos, los mencionados ya estaban descansando hacía tiempo sus mágicas muñecas. Pero eso no importaba. Para el anciano, estaban allí. Y así, en paz, se fue.

El marinero

Como mesero de un bar con historia, doy fe de que, sin llegar a ser Dick Tracy, pude sorprenderme muchas veces con el simple uso de los agudos oídos que Dios me ha otorgado.

Dos personas que se encuentran luego de una vida larga, un borracho solitario cuyas heridas son las penas de casi todos los hombres, despedidas tan tristes e inevitables que incluso se me hace difícil olvidarlas, más allá de no estar involucrado en ellas. Todo lo nombrado queda fuera del raciocinio humano y permite la entrada a los ambiguos sentimientos.

Antes de despedirme de lo mundano e ir a algún lugar misterioso, o solo de dejar de respirar y ser comida de gusanos, quiero dejar bien en claro que he vivido largamente en un mundo, en un puerto, en un bar donde aprendí que, en la realidad de ayer y la de hoy, suceden acontecimientos que no están previstos por los científicos, tan solo suceden...

Les contaré una de esas anécdotas, ocurrida muchos años atrás.

Le estaba sirviendo un cortado a un señor ya pasado de años, cuando se abrió la puerta del bar y, acompañado por el frío crudo de ese día otoñal, entró una pareja bastante peculiar: un joven corpulento cuyo ropaje y calva, que no era culpa de los años, sino del peluquero, daban a entender que se trataba de uno de los tantos marineros que habían desembarcado esa tarde de una monstruosa nave gringa; por otra parte, una jovencita que, si me apuran, no llegaba a los 25 años, de estatura más bien baja y melena oscura que hacía juego con el día.

Tuve esa sensación, universal y extraña, de haber visto aquella cara en algún lugar. Sin embargo, no presté atención a ello, sino al hecho de que la pareja no parecía estar muy feliz por haber vuelto a encontrarse luego de quién sabe cuánto tiempo.

En el muchacho había una expresión de curiosidad, es cierto, pero nada más. Me fue imposible descifrar la mirada de la joven: parecía que estuviese allí contra su voluntad. Me acerqué luego de unos instantes a preguntarles qué se iban a servir. Mientras anotaba en mi libreta añejada, mis ojos hábiles notaron que la muchacha tenía en sus manos una foto donde aparecía un joven muy parecido al que tenía enfrente.

Al terminar el pedido de la pareja (un *whisky* para el marinero y un café negro para su compañera), tuve que alejarme e ir a cumplir con otros marineros, casi todos acompañados por mujeres mayores, en escenarios bastante más íntimos que el de la pareja misteriosa. Por fortuna, el silencio reinaba, ya que la mayoría de las parejas estaban ocupadas en algo más que la perorata, y eso me permitía concentrarme con entereza en la pareja enigmática, al menos para mí. La muchacha, luego de una media hora, se levantó con suavidad de la silla de madera, caminó hacia la puerta, inexpresiva, y desapareció.

Con determinación, me acerqué al marinero (en ese momento, solitario, y con algún *whisky* de más) y entablé un cierto diálogo cuyo objetivo no era conocer su vida personal, sino tratar de entender lo que había sucedido. La experiencia de treinta años de trabajo en bares saturados de hombres alcoholizados ayudó a que el marinero relatara sin reparos y con detalle lo sucedido momentos atrás. Como dos amigos que comparten sin barreras, me contó que desconocía a la mujer que había estado con él, que el primer contacto entre ellos había sido cuando dio sus primeros pasos en tierra firme y que, antes de encaminarse a la ciudad, sintió un llamado. «La muchacha traía consigo una foto y una historia en extremo curiosa», me dijo el yanqui con voz de yanqui castellanizado.

En resumen, la joven quería pedirle un favor. Por lo visto, el hombre de la foto que se parecía mucho al marinero era el hermano de ella, quien había emigrado hacia EUA a realizar no sé qué tarea. Luego de unos años, habían recibido la lamentable noticia de que el joven había muerto. Parece que la abuela del fallecido (y, por supuesto, de la muchacha) nunca supo cuál había sido el destino de su amado nieto, ya que los demás parientes no habían tenido el valor de contarle. Al decir esto, quien narraba hizo una pausa, acabó su quinto *whisky* y sonrió. Con palabras que se tropezaban, me dijo: «Ahora, la abuela, multimillonaria, está en su lecho de muerte y no quiere hacer el testamento sin su nieto. El favor consiste en hacerme pasar por él, y así cumplir la última voluntad de la vieja».

El tipo, despojado de toda prolijidad, se paró con mucho esfuerzo y salió zigzagueando. Pensativo y apenado por no conocer el desenlace de aquel drama, volví a mis tareas rutinarias. Sin embargo, al otro día, poco antes del atardecer, entró el marinero vestido de civil y fue directo hacia mí.

Comenzó a hablar, y esta vez el entrevero de los vocablos no era provocado por la borrachera, sino por una intensa emoción. Al contarme lo que había ocurrido esa mañana, sentí tanta envidia de aquel joven extranjero que tuve ganas de golpearlo, aunque unos segundos después esbocé una sonrisa.

El marinero se presentó ese día en la casa de su falsa abuela acompañado por toda su falsa familia. Actuó de manera brillante, cual hollywoodense: se emocionó ante la envejecida mujer, la besó y acarició, y charlaron solos un largo rato. La octogenaria se sintió feliz, muy feliz. Luego de haber realizado el testamento en soledad, murió.

Al entrar, sus familiares la vieron, ya tiesa, con el testamento sobre su pecho y un papel en la frente. Su nieta se abalanzó sobre la cama. Miró primero la extraña hoja y leyó en voz alta las líneas borroneadas: «Vieja, pero no estúpida». Pálida , tomó el pergamino y enseguida desató un lamento trágico. En el testamento aparecía solo el nombre del marinero.

VII
De todo un poco

Estos son aquellos pobres que quedaron fuera de todas las categorías y para los que, por deber más que por querer, tuvimos que generar un recoveco con el fin de que no se sintieran excluidos. Lo anterior se observará como una acción asistencialista, como una obra caritativa. Sin embargo, no es tan así. Estos cuentos tienen una función importante: nos muestran que todos tenemos un lugar en el mundo.

La mirada

Un día de él: se levanta a las 6:45, camina hacia el baño con los ojos semiabiertos o semicerrados se higieniza. Baja por las escaleras (vive en una casa de dos plantas, aunque solo). La cocina es pequeña comparada con el comedor, del tamaño de media piscina olímpica. Toma café negro, una, dos o a veces hasta tres tazas. A todo esto, su perro ya le ha pedido agua y carne picada; no es considerado o, por lo menos, no está atento a las necesidades de su mascota. «Servido», le dice y lo mira con dulzura, la dulzura que sabe dar él, esa dulzura de un hombre que solo da dulzura a su perro.

La parada del ómnibus, que creo es un ómnibus de naturaleza capicúa, le queda a seis cuadras, a diez minutos. Con los ojos más abiertos que cerrados, lee los ridículos titulares de un diario amarillista. Se siente orgulloso de no comprar esa mierda, de guardar el dinero para comprar el tabaco de la pipa que le regaló su único amigo, ahora fallecido, para un aniversario lejano. Prende un cigarrillo mientras espera el transporte. Se siente más acompañado, no por el individuo que llegó a la parada, sino por la primera pitada de ese cigarro. Nace la ciudad. Un nuevo día se asoma. «Pobre, no sabe lo que le espera», piensa. Sin darse cuenta, está agarrado del sucio pasamano. Se podría sentar en el asiento del fondo, ¿para qué?

Luego sube una vieja y, sea por las odiosas miradas de los demás pasajeros, que lo juzgan por estar sentado con comodidad o por el sentimiento, también odioso, de ser parte de una religión que exige ser bondadoso, va a tener que levantarse. Se queda parado, agarrado del sucio pasamano y, cuando algún individuo se ubica en el único asiento libre, lo asesina con odiosas miradas: «Maldito egoísta. Te vas a ir al infierno».

Si el día está más o menos despejado, observa que hay menos resignación, hasta quizá alguna sonrisa o, por lo menos, un mínimo brillo en los ojos. Si es así, él se alegra de formar parte de ese cúmulo de personajes que repiten la misma tragedia todos los días.

Desciende media hora después en una calle algo transitada. Desde allí, tiene que caminar otras siete cuadras, otros quince minutos. En ese camino, revisa cuántos cigarrillos le quedan. En general, se convence de que puede sobrevivir con esos, aunque luego tenga que comprar otra cajilla de diez. Saluda a un portero del edificio:

—Nerón, ¿cómo está?

—Bien, no me puedo quejar.

—Hasta luego.

Por fin llega. Con un sórdido movimiento de cabeza, saluda a su compañera de oficina. No habla con nadie. Solo con los clientes, que con apenas algunos segundos se dan cuenta de la triste y solitaria vida de ese individuo. Increíble, ya que los tristes tendrían que ser ellos.

Sus manos inmaculadas comienzan la tarea. Lo limpia con cuidado. Hace tiempo, hace años o hace vidas, no sé, no siente nada. Solo es otro trabajo. Se miran. Son miradas que se cruzan en un escenario tétrico, ya normal, una mirada más quieta que la otra. Luego los viste. Lentamente, les hace el nudo de la corbata. Los peina con gomina, se podría decir a lo Gardel, y por último los polvorea. Cuando termina, da unos pasos atrás, observa con más perspectiva su obra y, conforme, reza un padrenuestro.

Llama a quienes son responsables de aquel con mirada quieta. Les pregunta (pregunta retórica) si están conformes con el resultado. Nunca hubo quejas.

Y allí termina el día de trabajo. Camina más rápido las siete cuadras, los ocho minutos. Llega a la parada, medio instante después detiene el ómnibus. No se preocupa de las caras. Solo se acurruca en el único asiento libre y se acuerda de la mirada que ese día conoció.

Mi nuevo hogar

La ciudad me acogió desde que llegué. La gente no sabía quién era. Es decir, sabía que era alguien que no era nadie. Pero desconocían si ese nadie era alguien en otro lugar, en otro país o en algún otro lado, no sé. Así y todo, desde el principio me regalaron no solo sonrisas, sino también canastas llenas de dulces; nueces (qué delicia las nueces de allí); vinos con historia (de Chile, de Francia, del sur de Argentina); sardinas (a las que, lamentablemente, desperdiciaba entregándoselas a mi querido gato, ya que, para ser sincero, entre tú y yo, odio las sardinas); latas de palmitos, blancos como la espuma del *chardoné* que engalanaba la espectacular e inmaculada canasta.

La primera vez no entendía nada. Pensé que tenía que pagar por esos manjares. «Oh, no, por Dios», me dijo el individuo cuando vio que amagaba a sacar mi billetera, por esos días bastante flaca (hoy, más flaca que aquellos días). Cómo describirlo...: un hombre muy elegante, a manera de *gentleman*, aunque no lo era, ya que sus modales no eran de un caballero. Parecía que estaba allí contra su voluntad. Pero bueno..., no me importó, ya que esa noche quedé extasiado con los alimentos que me habían llegado de arriba (o de abajo, pero me habían llegado).

Luego de ese primer día y de esa primera noche, me acostumbré a vivir en un sueño. Mi hogar era perfecto. Porque, aunque estaba solo, la soledad no la sentía (o, si la sentía, era tan solo porque ella quería compañía). La estufa a leña me abrigaba, veía caer la nieve, maravilloso espectáculo, y así veía mis manos cerca del fuego, calientes como los ojos de una mujer enamorada.

Estudiaba los árboles junto a la cabaña, las hojas crujientes, soñadoras, amas de la melancolía, de la sana melancolía. A su vez, por el ventanal, que me permitía hacerme pájaro, hacerme luz, veía pasar la libertad, que silbaba una dulce melodía; los jardines, la gramilla, verde, tan verde, más verde que un campo de golf, que crecía, crecía; luego, los colores de los hibiscos, de los durazneros, los rosedales, aromas afrodisíacos. Tomando algo fresco, quizá era un licuado, quizá tan solo una brisa, agradecía a Dios por estar vivo, vivo de verdad.

Todo esto, imagínense, me inspiraba de una manera que jamás hubiese pensado. Me sentaba y leía, leía. Me detenía para luego volver. Escuchaba música, música que cuadraba conmigo, con todo. Cuando me sentía pronto, la máquina de escribir me esperaba. Cuando me sentía pronto, no bastaban las horas de un día, ni los días de un mes, ni los meses de un año, ni siquiera las vidas de mi gato, que seguía comiendo las sardinas. Escribía sin pensar; y, sin embargo, las piezas del puzle encajaban a la perfección. En esa época era joven, apuesto. Mis pulmones eran los pulmones de la naturaleza. Era como si tuviese en mi interior poesías de poderosos poetas.

Todos los domingos paseaba por la plaza del pueblo. Recorría el museo, con sus siglos a cuestas, con sus monumentos y sus bustos, y con las gentes que admiraban una reproducción de una pintura (que, si la memoria no me falla, era de Dalí), orgullo de los oriundos de ese lugar. Me iba al río y veía cómo los niños se bañaban. Conversaba con alguna persona, siempre distinta, cosas triviales (el clima, la proximidad de alguna festividad y tópicos así) hasta que el silencio nos hacía aún más extraños, y me alejaba. En general, compraba un algodón de azúcar o, cuando hacía más calor, un helado de gustos varios.

Por último, la muerte del sol, y un nuevo lobezno se preparaba para aullar.

Un día tocaron a mi puerta. Era una carta. Mamá había muerto y me esperaban para el entierro. La caligrafía pertenecía a mi hermana Elisa, la más cercana a ella, la única que no había emigrado, la única valiente. El primer tren para mi ciudad natal salía a las 5:30, y yo, que no era madrugador, tuve que hacerlo. En el viaje pude dormir, incluso pude soñar.

Fui directo al cementerio. Allí me reuní con mis hermanos. Mi padre, que era en exagerado puntual, ya estaba en el cementerio: había llegado unos veinte años antes. El sacerdote decía unas lindas palabras, mi abuela lloraba en silencio, y un niñito hermoso (que después me enteré de que era mi sobrino) corría entre las lápidas. Y yo, yo, yo permanecía allí, solo eso.

Conversé unos minutos con Elisa cosas triviales (el clima, la proximidad de algún aniversario y tópicos así) hasta que el silencio nos hizo aún más extraños. Me despedí de todos los demás y regresé a mi hogar.

Otra mirada

Un día de ella: se levanta quién sabe a qué hora. Su esposo lo hace 6:45; es decir, muchas lunas antes, aunque eso hace tiempo que no la inquieta. Antes, el sentimiento de culpa la agobiaba; de a poco, ese remordimiento se fue atenuando hasta convertirse en nada. Abre las cortinas de su dormitorio y contempla un nuevo día, siempre igual al anterior. La rutina es un personaje ruin y tedioso que la ataca con frecuencia y cada vez los golpes son más dolorosos.

Baja las escaleras con lentitud. La casa tiene dos plantas y varios dormitorios. Cuando la compraron, estaban pensando en el futuro. Toda su vida soñó una familia con muchos hijos. Era de esas mujeres que ya sabían los nombres de sus hijos antes de haber siquiera conocido al padre. Cuestión es que intentaron por todos los medios (naturales y no tanto), y el milagro no ocurrió. En fin. Nunca pudieron vender la casa.

Termina la escalera y se dirige a la cocina, que es pequeña comparada con el comedor, del tamaño de media piscina olímpica. Se sirve té con dos hielos. Observa la taza de café de su marido. Se acuerda de que antes ella se lo preparaba; se acuerda de que antes sonreían. Finaliza su *whisky* matinal. Le sirve la comida a su gato, su amado gato. Le hace unas caricias y juega un rato con él. Se prepara para salir.

Hoy es día de feria y la fruta es más barata. Queda a seis cuadras, a diez minutos, el mismo recorrido que hace su marido todos los días. Compra naranjas y frutillas. Saluda a una vecina que se encuentra en la parada del ómnibus, la misma donde pasa el transporte que lleva a su pareja al trabajo. Sospecha algo entre ellos. Siempre sospechas, nunca certezas. Aunque sus sospechas son cada vez más ciertas. Se dirige a la farmacia y compra un medicamento. En el camino de regreso, se detiene en un kiosco, lee los titulares de un diario amarillista y pide un paquete de cigarrillos, los mismos que fuma su marido, esos que están acabando sus pulmones.

De vuelta en su prisión, prepara un trago con la fruta barata y un vodka que un día su amante le regaló. Eso fue hace mucho, cuando todavía su vida tenía algo de sentido. Una canción con notas ahogadas se escucha. Está sentada, fumando un cigarro, viendo hacia afuera . Su cara en el vidrio de la ventana es de resignación. En el reflejo, también se pueden ver manchas de oscuridad en todo su brazo. Ya está acostumbrada a sentirlas, a sufrirlas.

Siente aversión por su pareja, y así y todo, lo sigue queriendo de alguna manera misteriosa. Quizá este querer es lo que todavía lo ata a esta realidad, a este infierno. Quizá la ata el miedo, miedo a estar sola, porque en ningún momento de su existencia vivió con la soledad, y la atemoriza, aunque no sepa cómo es sentirse sola.

Termina el té con *gelo* de la tarde. El cielo se puso rojizo. Su marido está por volver del trabajo y, consigo, su miseria. Tiene que actuar rápido. Prepara el discurso, está convencida de hacerlo, de proponerle el divorcio de una vez. La cara en la ventana está expectante, incluso muestra un dejo de esperanza. Sin embargo, cae de nuevo en el abismo, en su realidad podrida, incambiable, en su debilidad crónica. Y es entonces cuando decide irse para siempre. Piensa la expresión de él cuando entienda que nunca más la verá, que nunca más desayunará junto a ella. Escribe algo, algo así como una despedida agradeciéndole tantas decepciones y dolores.

Una hora más tarde, la puerta se abre con nuevos pasos, pasos que se detienen con brusquedad al pisar suelo mojado, suelo inerte y rojo. Y la mirada que acompaña a esos pasos nuevos se detiene en otra mirada, una mirada quieta que nunca más tendrá vida.

Lo último (ojalá que no)

Desde *El beso de Judas* hasta hoy, han pasado algo así como muchos años. ¿Y qué puedo decir sobre esto, sobre el paso del tiempo, sobre mi crecer? Muchas cosas han acontecido, muchas personas importantes y no tanto. Y no voy a ahondar en esto porque es aburrido o, al menos, muy poco original e interesante.

Hoy, en este presente que me encuentra ausente, estoy deprimido, siendo esta depresión la enfermedad, la maldita enfermedad que no se expresa a través de dolores latentes, fáciles de verse por los demás. No, ella, de manera brillante, astuta y cruel, se oculta bajo mi piel y provoca pesadillas en mi espíritu, heridas que solo yo veo. Yo y Dios, quien le da sentido a estas heridas. Por esto último, tengo esperanza, mucha esperanza de que esto no va a ser lo último, de que mañana voy a estar presente, solo presente, de que la ausencia quedará en algún rincón, de que me quedaré con la dulce compañía de ustedes, lectores benevolentes.

Lecturas recomendadas

El lado oscuro de la sombra y otros ladridos (José Baroja)

Cuentos del niño Paquito (Francisco Sáenz)

Cuentos de Daniel (Daniel Pérez)

Cuentos para leer en un chinchorro
(Emilia Méndez de Boscán)

www.ingramcontent.com/pod-product-compliance
Lightning Source LLC
LaVergne TN
LVHW091349190726
843491LV00002B/989

* 9 7 8 6 1 2 5 1 1 2 5 3 8 *